神楽坂の虹

中村恵子詩集
Keiko
Nakamura

コールサック社

詩集

神楽坂の虹

目次

詩集

神楽坂の虹

中村恵子

I

榛《はしばみ》のそよぐ日

わかってくれますか
いま　また私はあなたを待っているのです
滾々《こんこん》とお堀の方に湧きでる泉のある叢《くさむら》の
榛の木々に
春の初々しい風が吹き渡りはじめると
きまって私は　それらのそよぎに
あなたの訪れを聴くような
そんな気がしてならないのです
わかってくれますか
いま　あなたを待って

どんなに心がふるえていることかと――

昼にはハボタン棕梠《しゅろ》の木の下で
本を読んでいます
玄関までお廻りにならなくても
すぐそこの垣根わきの木戸をくぐって
飛び石を跳ねていらっしゃればいい
そしてジャケットと帽子は
そこの廊下のはめ殺し窓の下の
古びた樫《かし》の箪笥《たんす》の上に置いて下さればいい
居間への広い窓敷居《まどしきい》には
ふっくらと柔らかな白い花の
ひめりんごの鉢植えを置いときましょう

カナルにまた

初々しい春の風が吹きはじめました
風は水際《みぎわ》の榛の
ふさふさと茶目っけたっぷりの雄花を
透きとおる陽に　きんいろに揺らゆらさせ
その柔らかな枝をいかようにも撓《しな》らせて
萌えはじめたばかりの
小さな　榛の若葉の精気をこきまぜ
このカナルの丘の家にまで
さわやかに吹き渡ってまいります
それはもう　はじめてあなたの愛を知った
あの懐かしい清々《すがすが》しい夜明けの風のように
それはもう
——いつでも榛を吹きぬけた風には涼しくて
ほどよい湿り気があって　まるで清新に生き
てゆく若者たちの心のような　さ青《あお》ないぶき

の香りに充《み》ちて澄みわたっているのです――
これはもう　すっかりあなたの到着の知らせ
ほら　もうあなたは
生垣の木戸をくぐっていらっしゃる――

わかってくれますか
いま　どんなにこの胸が高鳴っていることか
そう　ここではもうあなたはイーンガス！
もし　あなたがいまここで
イェイツの詩のひと節《ふし》を
おっしゃって下さるなら
私はすかさず　一瞬の戸惑いもなく
あなたのずっと探しつづけていた
榛の精となりましょう
なぜなら　もうわたくしはほんとうは

私の魂《こころ》のけっして枯れない
もっとも深い静謐《せいひつ》な世界で
あなたの投げ入れた榛の竿《さお》の雫の
なみなみと満たされたあなたの愛の盃《さかずき》を
すっかり飲み干してしまっているのですから

わかってくれますか
いま　この出逢いの永遠と思える瞬間《とき》を
どんなにあなたを期待し続けたことでしょう
そしてどんなに失望もしたり
絶望すらしてきたことでしょう
でも　もうわかってくれますわね
いまこの
永遠と思えるかけがえのない愛の感動を

いま今日からの
あなたとの心ふるわせる愛の日々を
そうなのです！
私はまだひたむきに生きてゆきたいのです
榛のそよぐ日の燦《きら》めきの裡《うち》に

＊榛《はしばみ》はケルト民族に於て永遠の青春を象徴する樹木であり、又、「イーンガス」はケルト民族に於ける愛と美の神である。アイルランドの詩人イェイツの詩は、「さまようイーンガスの歌」（一八九九年作）であり、「カナル」は皇居の外濠を表現した。

雪中花（水仙）

この頃　どういう訳か
この素焼きの壺の　重いひいやりした肌に
きらきらと弾けはじめる
まだ雪の消え残る日の朝《あした》の
惻々《そくそく》とした光のさびしさが好きです
それは雪中花の愛《かな》しい想いのように――

颪は
かすかに若木の匂いをさせながらも
まだ凍《い》てついた野面《のづら》の方から

つめたく吹いてまいります
私は今日も　水を汲みました――
それはまるで　いまの私の孤影《こえい》のように
寒椿が赤い姿を映している
庭の手水《ちょうず》の池の筧《かけひ》の水を汲みました

この頃　よくあの頃のことを思うのです
特に　早春のいま頃の
あなたの茶室への甃《いしだたみ》の　水仙の小路《こみち》の
ひしひしと残雪を踏む
すき透るような緊張感が好きでした
茶室への入口の　茶道具の置かれた
小部屋の床の杉板からは
今もなお　そのまま
あなたの遠い日の香りだったように

ほのかに木の匂いが漂ってきます

部屋には
さっき　庭で摘んだ水仙を活けました
今日も
まるで客人《まろうど》を待つかのように席を整えると
私はまたそっと
あなたとの限りない夢を編んで
あなたが遠い日に置きざりにした愛を
休らわせるのです
折りしも　あなたの強い情熱《こころ》の鼓動のように
どんなに
湯がしゅんしゅんとたぎってきても
あなたの好いて下さった水仙は
こんなにもひっそりと

ただ惻々と
香りつづけるだけなのですから――

ひっそりと薄ら陽《び》の茶室
風は　まだ凍てついた野面の方から
早春の残雪の光の哀しみを
しきりに吹きよせてくる――
何故だろう
今日もあなたの素焼きの壺に筧の水を汲み
今もなお　庭の　そこここに
まだ消え残る雪の　朝の陽の燦《きら》めきに
つのる想いの　さびしさ色の歓び！
それは雪中花！
それは忘れられた私の　魂《こころ》の奥の
愛しみの華《はな》……

水仙の薫る朝《あした》に

そうなのです。
こうして、ひとはしばしば
小さな、ふしぎな愛に胸を熱くするのです

さあ、どんなに待ちどおしいことか
お話ししましょう！
裏庭の裾《すそ》で、春のつめたい朝霧を切って
水仙の花が咲き始めると、いつも
なにか晴ればれとした喜びがありますの
それは

冬の重い空気の日々に積り重なった
私の侘《わび》しい想いからいつも救ってくれます
このとき
私はもう夢は詠《うた》えないのです　だって
そのときは
私がずっと望んできている夢のように
咲き始めた水仙の群生は
まるで私をふっくらと抱擁するように
早春の光と風とのすがすがしいスイングに
私をそっと、優しく誘うのですもの――
そしてその群生から数本、手折って
コーヒーテーブルの青磁の花生《はない》けに
馥郁《ふくいく》と豊潤に香り立たせると　冬のあいだ中
私の魂《こころ》にかじかませていた何か淋しいものが
ほろほろとほどけ始めるのです

さあ、周囲は水仙の香りを含んで
清《すが》しく心地よく
窓辺には、早春の陽が柔らかく漂っています
と、驚いたことに――
裏庭の方から、人々への祝福のように
朗々《ろうろう》と春を寿《ことほ》ぐ一羽の鶯のソロ、そして
思いもかけずに　その後《あと》に続いた鶯の子の
まだ未完成の、けなげな練習の、歌声の響き
もう、辺《あた》りいちめんに
晴ればれとした喜びの想いが拡がり
なぜか、私の魂《こころ》にも暖かなふしぎな情熱《もの》が
生まれてくるのです

水仙の薫る朝に――

そうなのです
こうして、人はしばしば
小さな、ふしぎな愛に胸を熱くするのです……

あたらしい幸福

春の宵の
サックスの香りに纏われるように
昼間の疲れた心に
フリージャの花を抱えて道を急ぎます
さっきまでの明るい春の日ざしは
もう　にび色の靄《もや》に変わりはじめ
街角には黄色い街灯がともりはじめます
ほんとうは　この春の深い夕べに
不本意に作られた昼間の心は
ただ　空虚で重く　いまはしきりに

あなたを聴きたくて家路を急ぎます

街灯の柔らかな明かりを負って
窓辺に　青桐の若い葉影《はかげ》をゆらめかし
静かに待っていてくれた私の部屋
コーヒーテーブルにフリージャを活け
深々と柔らかなソファに
身を沈めて聴くあなたのテナーサックス
目を閉じると
その瞼《まぶた》の深い奥から
誠実で美しい響き――
それは誰もが永遠に知っている
ピュアな存在《もの》からの語りかけのように
それは　あの懐かしい
神聖な存在《もの》からの散華《さんげ》のように

それは静かな力ある言葉だった
その言葉は　清流の香草をくぐる
なめらかな水音《みずおと》のように私に語りかけ
その香りは　傍《かたわ》らで甘く匂うフリージャのように
私を惹き寄せる――
荒く流動した昼間の魂《こころ》も
そっと秘められていた悲しみも
それすらすべてはあなたの
玲瓏《れいろう》なものの裡《うち》にすすがれてゆく――

――ああもうそんなに
定番の幸福を語らないで下さい
棚の上の方で、部屋の明かりからも外《はず》されて
もうすっかり読まなくなった
説教書や哲学書からの誘い――でも
いまこの夕べに、こんなに典雅に奏でられる

日常ふだんの事柄や、ふだんの風景の
このあなたの、あるがままの生活への愛が
いまどんなにわたしの魂を
豊かに充たしていてくれることだろうか

魂がなめらかな水音をたてている
あなたのサックス、あなたの愛
この新鮮な生きるよすが、あたらしい幸福！
スタン・ゲッツ*！　わたしは又
この春宵にフリージャを束ね
あなたの清流にさわやかに帆を揚げる……

*テナーサックス奏者（一九二七〜一九九一・六）、米国フィラデルフィア生れ、亡くなる三ヶ月前のコペンハーゲンのクラブ「カフェモンマルトル」での演奏はまさに絶品といわれる

土佐みずきの花が咲いたから

土佐みずきの花が咲いたから
ブルースを踊って！
私の背に
あなたの暖かな手を添えて
ほら　私の乗ってきた月の光の通ひ舟も
そこの三角窓から
頻《しき》りにあなたを急《せ》かしている

土佐みずきの花に触れたら
ふかぶかと寄る私の感触も尋ねて！

ほら　あなたのステップに絡《から》まる
小さな小さな花房たちは
きっと　私が
あなたのこころの愛のドアを
頬りにたたいているのだと思ってね

いつものように
あなたが見上げる窓からは
満月が耿々《こうこう》とあなたを耀かせている
——私の気配を感じて
今夜は月の光が暖かい　と

いつものように昏《くら》い部屋では
桂の木のテーブルは重厚すぎるけれど
その傍らの

大きな素焼きの鉢に植えこまれている
あなたのご自慢の土佐みずきは
いま　まさに黄色い小さな小さな花房の
たわわな穂を垂《た》れている
ね　最高だろう　又　ぽつりと

テーブルの上には
黄ばんだ古い点字の文集
もう充分に縒《よ》れた紙の上を滑る
あなたの白く繊細な指
――君は僕のインスピレーション　僕の人生
に活き活きした感情を運んでくれる、君は僕
の伝言、インスピレーション――
あら　私が苦労して打ったシカゴの詞《うた》ね

さあ　ダイヤル合わせて！
月の光の中で！
ふかぶかと肩を寄せあって踊るの
土佐みずきの花を散らせて踊るの
澄んだサクスの音色　ブルーブルース
ほら　魂と魂《こころ》が触れあって
かすかに聴えはじめる
あなたのこころの　愛の扉の開く音

桂の木のテーブルに月の灯《ひ》の移ろい
開かれたままのあの遠い日の文集
私の背の
そっと私を誘《いざな》う　あなたの暖かな手
愛　優雅　いままさにこの花言葉そのままに
私達に満ちる愛の想いは

床に零《こぼ》れ落ちる花房のまにまに
それらは　香ぐわしくあふれ舞い
土佐みずきの黄金色《きんいろ》のたわわな穂を透《す》く
月の光に耀いています

さあ
私の背に　あなたの暖かな手を添えて
ブルースを踊って！
　土佐みずきの花が咲いたから

あこがれ

はなみずきの萌えいでる日よ
夕影にまどろむ木陰によりそい
クラリネットを奏でるひと
響きはなつかしく澄みわたり
柔かな乙女のまなざしの
そっと遠くから……
花あかりはほのぼのと
あの館の窓辺にたゆたい
この日ひっそりとはじまった青春

ときおり春宵のまどろみの中で
クラリネットの音色が澄みわたっている
はなみずきの花は熟れ
うすくれないに染まる木陰のひとの
愛を紡ぐたましいの……
わたしの情熱は再びふるえ
春の夕べの風にひときわ美しく錯走する

ああ　はなみずきの萌えいでる日よ
なつかしいあの館の日々の匂いよ
ふっと触れる　生きながらえていた青春
あなたの春宵の旋律《かぜ》は
なにもかもモノトーンに老いゆく
青い翳りの名残りの日々に
いまもなお

小窓にはにかむ乙女の
白いレースの襟飾りをふるわせている……

あんずの郷が輝いているうちに

あんずの郷《さと》が輝いているうちに
どうか　又
すてきな会話を用意して　いらして下さい
そして私を目覚めさせて　又はじめから
そのあなたのすてきな会話で　私の愛を
もういいの　愛される自信がないなんて
もう　決っして言わないつもり
それに　押しとどめられた苦い記憶など
この　いちめん見渡すかぎりの
うす紅いろに輝く杏《あんず》の花の香りの世界で

もう　すっかり溶かされてしまうから
ね　だから
ひたすら純粋だったあの頃の私へのように
私をもてなして　又はじめから——

そう　あなたの会話は
愛を奏でるリュートの音色
ほんとうは　あなたにお逢いするまで

私の胸の奥でしきりに鳴りつづける
熱いロマンスへの思いは
なにか不透明な誘いのなかで　ただ不安な
青い翳《かげ》ろいのように揺らめいていたのでした
でも　あの日から
あなたの　かがやきに満ち

透きとおったすてきな会話に
揺さぶられ　照らし返されて
そう　あの時から
私の愛の魂の全部が
あなたに零《こぼ》れ落ちてしまっていたのです！

私　もういちど詠《うた》うわ
今度こそしっかりと　愛の永遠を見据えて
春の杏の木の　開花の手品のように
さわさわと何やら膨《ふく》らんでくる
うす霞色《かすみいろ》のふくよかな気配から
いきなり！
紅色の花の香りへの絢爛《けんらん》のように――
空までばら色に染まっています　村じゅうに
この世ならぬ甘い香りが漂っています――

いま　窓からはゆったりと
あなたの愛の匂いの　甘い杏の花の匂いの
柔らかな心地よい風が吹きぬけてまいります
あなたとお別れしてからもずっと
あなたとの倖せを美しいタペストリーにと
あざやかに織りあげていた
私の午睡の夢の続きのように
いま　信州のこのあんずの郷の片隅で
あなたのお好きだった
ルビー色のサングリアを注いだグラスに
杏の花のひとひらを浮べて
いま　しきりにあなたを想っています

ですから

どうか　いますぐいらして下さい
そして私を目覚めさせて　又はじめから
そのあなたのすてきな会話で　私の愛を
どうか　いますぐ
この村ぜんぶがあんずの紅色ひとつに
燃えたっているうちに……

私に素敵なイースター egg をください

どなたか、いま
私に素敵なイースター egg*をください
そう、いま私、とても淋しいのです
いま、頻《しき》りに、愛の通《かよ》いを感じたいのです
ですから、どなたか、いま
永遠の愛の通いを証《あか》しするイースター egg を
どうか、この私のひざに
そっと、載せていって下さい

今夕、私といっしょに

玉川の堤まで散歩して下さいませんか
そう、そこでは
いま、マロニエの白い花が咲いているのです
宵になると
その白い花房は川添いの道の灯《あか》りを撥ねて
たくさんの燭台のように輝いてきます
そこでは、あなたにはぜひお話ししましょう
ああ、あの遠い春の日の
パリへの旅での夕暮れのことを
セーヌ川のほとりのマロニエの燭台で
二人の頬を明るくゆらめかせて
どんな話をしたか、ということを
ああ、その頃、恋は私達の宝物！
どんなに大切な宝物だったのかということも

そう、そうして
　今夜
私とワルツを踊って下さいませんか
ありし日の舞踏会の夜のように
樅《もみ》の木の林にとり巻かれ
白百合の花模様の彫りこまれていた
広間の窓ガラスの、ことさらに美しかった
　あの高原のホテルでの
　ラストダンスの時のように
私の魂《たましい》は、あなたの魂にすっかり抱《いだ》かれ
私はあなたのあたたかな胸に、顔を埋めて
どうか、出来るだけ長く
このまま、私を抱きしめ続けていて
下さい、と祈っていたように――

そう、こんな風《ふう》に、いま頻りにこんな風に
永遠の愛の通いを感じたいのです

どなたか、いま
私に素敵なイースター egg をください
そう、いま私、とても淋しいのです
いま、頻りに、愛の通いを感じたいのです
ですから、どなたか、いま
永遠の愛の通いを証しするイースター egg を
どうか、この私のひざにそっと載せていって下さい……

＊キリスト教で春の復活祭の時、にわとりの白い玉子をゆでてさましたもののその表面に、復活したキリストの愛を顕すさまざまな事柄を色とりどりに美しくペインティングして、キリストの復活によってもたらされた「愛の永遠」を喜び合い認め合う印《しるし》とするもの

それは最高のジュエリー

誰が知っているだろう
鮫島《さめじま》さまのお屋敷の下の
野川の水が温《ぬく》みはじめると
米あげざるを持って　友達と
野芹《のぜり》を採りに行く約束
その日は学校の授業の終るのが
どんなに待ちきれなかったことか
どんなに楽しみだったことかを
そこでは　高等学校生のように大人びて
アイルランド民謡の庭の千草や

秘《ひそ》かに知っていた
オールドブラックショーまでも
みんなと　思う存分歌ったのですから

そして　今日なお誰が知っていることだろう
そこは東北本線と日光線が
初めて　左右二つの方向に分かれるところ
走りゆく汽車に向かって
さようなら　いってらっしゃいと
声を張りあげる丘や野原や田んぼや川べりが
どんなに私達の楽園だったのかも
四つ葉のクローバーをさがし
しろつめ草の首飾りを作り　グスベリを摘み
ここでは鶺鴒《せきれい》も上手にスケッチできた
秋の刈り終った稲《いな》たぼ*の田んぼでは

見よう見まねに作った竹筒袋《たけづつ》で
盛んにとび跳ねるいなごを捕《つかま》えて楽しんだ

そして今日なお
誰が知ってくれることだろう！
あのドイツの詩人
シュトルムを繙《ひもと》いてくれたあなたを！
あの湖畔の
コロニアルスタイルの素敵なホテルで
読みこまれた一冊の詩集と
あなたと　ワインと　真紅のばらの
あの耀かしい夏の休暇の
めくるめく青春の日々を！

どうか解ってほしい――

追憶　それは唯ひたすら平和な思い出だけが
きらきらと彩《いろど》られ輝きつづける
その高雅な華やかさを　その魔力を！
これらがどんなに
人生の最終ラウンドを生きてゆく老いの魂《こころ》に
美しいかがり火になっているかということを
これらはまさに宝もの
ひたすら真摯《しんし》に生きてきた者たちの
人生最後の高貴な宝石——

さあ　私は届けよう！
ひと日最後の陽光があの向うの丘の谷に
紫の美しい紗布を織るとき
私はこれを袱紗《ふくさ》にしてこれらの宝石を包み
私の最後の呼吸とともに

あの名高き
神の園のティファニーに届けよう！

追憶は――
アッシジの聖女の祈りのように
私の魂で高雅に生きつづけている
そしてそれらはひっそりと
朝の窓辺の　草木の香《かぐわ》しい風の裡《うち》に
たえず蘇《よみがえ》りたえず煌《きら》々と
世の中のどんな宝石よりも美しく輝き続ける
そしてついにそれらは
落陽の臨終の吐息の　紫の袱紗に包まれ
宵の明星に導かれて
アッシジの聖女の
祈りの成就のロザリオのように

神の園で――
燦《さん》々と永遠の輝きに充ちはじめる
追憶　それは最高のジュエリー……

＊稲を刈りとりさらに脱穀したあとの稲わらを田んぼのところどころに小さな
山にして干してあるもの

生きよ、あなたの薔薇を！

今朝も、あなたのカフェから
ゆらゆらと珈琲の香りが流れている
柔らかな朝の陽《ひ》に　オレンジ色にけぶる
駅の方へのはなみずきの並木道
あなたのたてる珈琲——
藍《あい》染めの京手拭《ぬぐ》いでおぐしをきりっと束ねて
すこし、背をかがめて
あめ色に年季の入った寸胴《ずんどう》*に
熱いお湯を、おおらかに廻しそそぐ
そのいつもの、あなたの、

優美な、独特のしぐさ――

それは
いったい幾たび、私の胸をはげしく疼《うず》かせ
わたしの心の奥に棲《す》む
ロマンをふるわせ
――私に強い魂のときめきを――
覚えつづけさせていることだろう
これは私のばらの花
優雅な想いで、ひたすら私を虜《とりこ》にする
私の魂の薔薇の花――

ごめんなさい
わたくしには
あなたのカフェのカウンターに

遺《のこ》してきた恋がありましたの
ごめんなさい
ずっとあなたを想ってきました
でも
あなたにはもちろん、どなたにも
言えないで居りました
でも、もう
今は、はっきりと
あなたに申しあげたいのです
好きだと、愛していると

あの日は愛《かな》しうございました
この日、都会には珍らしく
重い雪粒のしぐれる、つめたい朝でした
私は

ヤッケを羽織る、スーツケースひとつの
みすぼらしい姿でした
あなたのカフェから、駅の方への私の足跡は
まるで私のそれまでの人生のように
みぞれる雪に、次々と消されてゆきました
そして、唯ひとつ私の背中には
あなたへの愛しみを
ずっしりと背負って居りました

今朝、郊外の宿の辺りでは
まだ、青白い月の光の薄れ残る
早朝に起床して、こうして
あなたのカフェに参りました
もう決っして
あなたへの想いを零《こぼ》さないように

そして、その想いを
いっそう勇気づけるために
だって、ほんの数日前
いなかで、あなたからの手紙を
受けとったばかりなんですもの
——君はまた
　こっちへ帰ってこられるのだね——と

カウンターには
まるで、私達が親しく交わしていた
いくつもの会話がひとつひとつ懐かしく
映ろうてくるかのように置かれた
お揃いの二つの珈琲カップ
ＢＧＭには
エルガーの「愛の挨拶」が加えられ

戻ってきた私を喜ぶ　あなたの愛が
カフェいっぱいに充ち充ちているのです
そうよ
あなたの心の奥に棲むロマンが
やっと目覚めたのですね
そうよ
あなたは少しばかり廻り道をして
やっとあなたの薔薇をみつけたのですね

また、ひとしきり
——エルガーのメロディが
　澄みきった
　バイオリンの音色で流れています——
さあ、今こそ！
　生きよ、あなたの薔薇を！

今朝も
あなたのカフェから花みずきの並木道へと
あなたのたてた珈琲が香っています……

＊大木の幹のように上から下まで同じ寸法でぶかっこうな大鍋のこと

II

神楽坂の虹

うすみどり色の
朝風の匂いのまにまに目覚める
夏の日の朝
もう母は　庭の小さな樹木や草花に
水を撒《ま》き始めている――
いつもより早い　朝の日課の
母の肩にこぼれる
白い夏ふじの花房を滑り落ちる　木洩れ日
つと　振りかえって
私の起床を確かめる母の　慈しみに充ちた微笑

澄みわたる　陽の静寂――

私の部屋の窓辺では
紅満天星《べにどうだん》の柔らかな緑の葉が
朝の光にたわむれている
そのさ揺らぎは
昨夜　急に取り出したあの方の野草の著書と
その花々の押花の　古いノートを置いた
籐《とう》のテーブルの白いテーブル掛けに
ちろちろとうす紫色に翳《かげ》ろい映っている
夕べ　とつぜんあの方からの電話
もう　遠いひとのように思っていたのです

あなたがこの庭に　去年
日々草の小さな株を植えられてから今年は

もうはやばやと　白い五枚の花びらは花芯を
少女がぽっと頬を染めたように赤くして
とても可憐に咲きはじめています
あなたがお見えにならなくなってしばらく
母はひたすら　私の心の哀しみによりそい
私をしばしば庭につれ出し
庭の木立からこぼれ落ちる木洩れ日が
草や花々や小さな樹木の柔らかな緑に宿る
格別の美しさを教えてくれ　それらの香りの
いっそう馥郁《ふくいく》とした優しい慰めに
私をたっぷり浸してくれました

そして
身も心も唯ひとりの魂《こころ》に通うようにと
私に手ほどく

母の若き日に修めた日本舞踊
それはまるで
いま　私が育んでゆくべき愛のもののように
わたしの心にただひたひたと快《こころよ》く
それはまるで
ずっと長い間　方向を見失っていた
私の愛の情緒のすがしい結実のように——

母が再び　樹木や草花に
涼しげに水を撒いている
この部屋にまで漂ってくる
ひんやりとした心地よい空気
と　とつぜん仄かに光る水けむりのなかに
燦々《さんさん》と　ひとつの大きな虹！
こでまりの上に　日々草の上に——それは

まさに　粋《すい》な母の呼んだ神楽坂の陽の精！
それはまさに　私のさがしものの愛の
あなたからのメッセージのように——

澄みわたる神楽坂小路の木洩れ日の家
いますべては愛！——虹を食《は》んだ日々草は
玄関の益子の花いけにたっぷり活けた
庭の風知草はざわめき出し
かっかっと　あの方の懐かしい整った靴音が
聞えてくるような気がする
今ごろはもう
赤城神社の前を通った頃だろうか
そしてまもなく
あの角のカフェのところを曲ってくるはず
再会の喜びが

戦慄のように心にせりあがってくる——

虹よ　陽の天使よ
木洩れ日の愛を永久《とわ》の耀《かがよ》いにする
神楽坂の陽よ　虹よ……

アジュール・ブルーの椅子

私　恋をしています
この海沿いの丘の家のサンデッキで
ずっと　ずっと
このアジュール・ブルーの椅子で――

最初は
生垣の綻《ほころ》びをくぐって
あなたのところに行ったわ
お茶のポットと　ちょうどまっ盛りの
ふっくらと　ほんのり甘酸っぱく匂う

りんごの花を数本抱えて
だって
いくら　生垣で仕切られてると言ったって
いくら　その時のあなたの心情に
適《かな》っていたと言ったって
あなたの流すマイルス・デイヴィスジャズの
音量が大きすぎたの
だから私　苦情を言いたくて
お茶とりんごの花でカムフラージュして
あなたのところに
乗りこんだつもりだったのですから

でも　いきなり私達
いろいろお話してしまっていました
あなたはカラベル帆船のこと　お仕事のこと

あなたのよく聴くジャズのこと　映画のこと
大好きな色のアジュール・ブルーの
その　海の色のこと――
私はほとんど
相槌《あいづち》を打つことしか出来ませんでしたが
とても楽しかったのです
でも　今度は
私がいろいろお話をしたいのです

その日　あなたは
とても美しい瑠璃《るり》色の椅子と
シャンペンを持ってこのデッキに現れました
明日から　また　航海にでかける
とおっしゃりながら――
ふと私達は

すでに何かに促《うなが》されていたかのように
このデッキの柵の手すりに並んで凭《もた》れ
足もとで　素朴に甘く匂う野生の白いばらや
生垣の方への春紫苑《はるじおん》の群《むら》がりに目をやり
かじ苺《いちご》や山査子《さんざし》の低い草木の庭を通りぬけて
ずうーっとはるばると
湘南の海の拡がりを見透していました
そして　この視野に　一隻の帆船——それは
この傾いた海沿いの丘の道の終りの方の
遠く細くなるあたりで　午後の強い陽ざしに
颯爽《さっそう》と耀いていました——
この光景は　なぜか
きらきらと陽《ひ》を弾く岩清水《いわしみず》が
私のこころに清冽に涌いてくるような
さわやかな喜びの衝動を私に駆りたてて

まさに　まもなく張られようとしている
その帆船のひとつひとつの帆の膨《ふく》らみに
これからの私達の新しい期待と新しい喜びを
しっかりと擬《なぞ》えようとしていました
それはまるで
晴ればれとした愛の
すがすがしい共有の感覚のように――

ふと　沖から昼の名残りの
オリーブ色の風も通りすぎ
海はすべて凪《な》ぎました
私は思いたったように
アジュール・ブルーの椅子に
二つのシャンペングラスを揃え
あなたの庭で野放図に咲いていた

すみれの花のブーケを置き
昏れなずむ東の空には
はや　新月をさがし始めていました
それはまるで
私達の秘めやかな喜びの儀式を執りもつ
良き伝言《おとづれ》の　司祭を用意するかのように――

でも　もう
あれからずいぶん月日が過ぎました
あなたのお仕事の会社の帆船も　とうに
この湘南の海には姿を見せなくなりました
お迎えに行ったあのエアポートで
あなたの訃報を聞いてから
――私はどうやって
　生きて来られたのでしょうか――

今朝、旅好きの友人から
――ついに、アジュール・ブルーのペイント
　を見つけた――と国際電話が入りました
あなたの形見のこの椅子は
あちこちペンキが剝《は》げてきたのですから

――今日も、恋をしています！
このふしぎな南欧の海色《うみいろ》の椅子で！
あなたへの想いを深くこころに埋《うづ》め
そっと腰をおろし
あなたへの恋を静かに休らわせていると
まるで、古い愛の詩集からの一節のように
再びあなたとの
優しい語らいを紡ぎ出してくれるのです

アジュール・ブルー
透明で暖かくて優しい瑠璃色
このふしぎな南欧の海色《うみいろ》の　豊潤な深い愛

庭のりんごの花がかすかに香ってきます
それは　はじめてあなたを訪ねた日の
甘酸っぱい不安のような　匂い
ああ　でも今
私はアジュール・ブルーの椅子で
あなたのふしぎな海いろの愛に
ふっくらと　包まれています――

ああ今、このアジュール・ブルーの椅子で……

トランペットが似合う日

わが黄昏の柔らかき白髪の日に
永遠の香りにみちたふくよかな魂《こころ》の炎
あの夏
青春の日の強い愛の出逢いの予告のように
岬の沖に白い帆船《ほぶね》のまぶしく見えたその日から………

たしかにあなたは
港町から入江沿いの崖道を歩きつつ
野いちごの繁みを分け
八月の空の鶲《ひたき》のさえずりに

愛の在りかを声援されていらっしゃいました
岬への小道
あじさいとの思いがけない出逢い
その花を束ねてあなたはもう心の絃《げん》を
つまびき始めていらっしゃいました
あなたの情熱の気配は
コテージのガラス瓶の
水滴ひとつぶひとつぶに映ろう
あじさいの彩《いろど》りに替えられて
見晴らし窓からの風に煌めいているのでした

あの日
喨々と奏でたニニ＝ロッソ
岬の夜にはトランペットが似合うと云って
大洋の香りのしみこんだシャツの袖をまくって

たしかにあなたはこのコテージで………

いまあの時の岬の夏の日のように
テーブルのガラス瓶にあじさいの花の彩りが映ろい
見晴らし窓からの風が
柔かい白髪や頬を甘くくすぐっています
ひんやりとしたテーブルの膚に腕《かいな》を触れ
頬をすりよせ
あの時たしかに
あなたがトランペットを置いた跡をさぐります
ひたひたと静かに湧いてくるほむら
ほうほうと波立ち　香り
愛の記憶がもう一度力をとり戻します

夕べの窓に風が凪ぎ

思い出をブルゴーニュの地酒に醸し
今日もまた赤いワインを飲みます

甘い孤独がふくいくと優雅に波立ち
命の残りのかがり火を灯《とも》す
愛の記憶
永遠の香りにみちたふくよかな魂の炎
昏《く》れゆく人生の至福
わが黄昏の柔らかき白髪の日に………

八月の浜薊《はまあざみ》

私のなかで
何かがずっと生きつづけている
それはいつの頃からか
深い喪失の悲しみの
喜びへと新しくされたもの
子を生み　母になっても秘かに紡いでいる
あの遠い夏の日の記憶
戦地への別れの日に
そのひとは
多摩川の浜薊を手折ってくれた

訃報を聞いたあの日
まっ先に川辺に馳せ
この庭の片隅に植えたその一株
それからは　彼への手向けのように
ずっとここに住み
来る夏ごとにひもとく
あの遠い夏の日の恋――

この等々力《とどろき》の家では
八月になるときまって
そこの渓谷の水しぶきを食《は》む
なつかしい多摩川の大気が
心地よい涼風になって
この庭いっぱいに訪れる
それはまるで

遠い日の逢瀬にひそんでいた
愛のいのちの気配のように
それはまるで
命から命へと繋がれてゆく
新しい愛の合図のように

この夏も
あの日のブーケのように
花いけに盛られている浜薊
それはまるで
これまでの私をまね
けなげに活ける娘への
まるですぐ明日の
喜びの逢瀬を知らせる玉手箱のように——

私のなかで
何かがずっと生きつづけている
それは
あの遠い夏の日の想いを刻む浜薊
その　しきりに醸《かも》す愛のいのちの喜び……

鰯雲

そう　その時だったのね
はじめてあなたの愛を知ったのは——
けさ
窓ガラスがまだ青くならないうちに
でんわがしきりに鳴って……

ずっと思っていたわ——
あなたは若くて
ほとんど気前よくあなたの愛を
はるか大空へ飛び立たせてしまったのだと

でもやっと　いま　この時だったのね
あの頃　私のしきりに希求したものが
いまやっと　整えられているのだと
こうしていま
あなたの胸に優しく引き寄せられ
身も心もあなたの強い愛の引力を感じながら
あなたの熱い吐息を知ったのですもの

いろいろ思い出すことがあるの
ほら　あなたと寝そべった　色とりどりの
見事なかえでの枯葉のクッション！
その日あなたは　なにかしきりに
リルケのことを話してらしたけれど
でも　ほんとうのところ
わたしにはほとんど聞えていなかったの

だって　秋の群青の大空の海で
なにかするすると泳ぐまだらな雲の
群がっていながらも列を整えている
なにか器用に奇妙な動きが気になって
それぱかり追っていたから——
まるでとりわけ
秋のこの雲の大切な役目でもあるかのように
地上でさまざまに疲れはてた人々の魂を
そのふわふわの斑点で　そっと
ひとつひとつ羽毛のように包みこみ
清冽な秋の空の大海のなかで
すっかり滌《すす》いでくれているような
そんな　秋の特別の雲のような
そんな気がしきりにしていたから——

夜明けからの驟雨もあがり
遠く　奥州街道の山脈《やまなみ》の方から
あの日のような
あの懐かしい鰯雲が流れてくる
朝のミサに
私達のささやかな祝福を執《と》りもった
ここの小さな教会の庭では
この雲の斑《まだら》の隙《ひま》から零れ落ちる、　朝の陽は
そこここの水溜りで
金木犀《きんもくせい》の香りを運ぶ　微《かす》かな朝の風に
ふわっと　はじけて弾んで
ちろちろと柔らかな光のさざ波をたてている
長い間　別々の道を歩いてきた私達なのに
まるで前もって決めていたかのように
こうして　いま

過ぎし日の学舎《まなびや》の　雑木林の方への道を探り
古い土地を囲み　広瀬川を見透し
秋の陽に　ひときわ鮮やかにときめき
豊かに赤熱の実をつけている
山査子《さんざし》の垣根の　傍らのベンチで
いま　私達は
それぞれの持ち寄りの人生の最終ラウンドを
いっしょに歩きはじめようとしている――

おお　鰯雲よ　君の斑《まだら》の救済よ
その無邪気さに充ちたその君の衣は
この私の終章の季節の魂を惹きつける！
あなたは秋の夜明けの時雨を
早々に降りあがらせ
そこ　ここに残された水溜りに

暁《あかつき》の陽の　燦《きら》びやかな輝きを身に纏う
救済の己れを映し出し
あなたの愛の　強いメッセージを示唆した
あなたは又　私の来た道もわかっている
それも正しかった——と
真実はこれからも
昨日が終わり　今日が始まり
真実を受けとめてゆけば
それはいつでも真実

そう　この時だったのね
この終章の季節のラブコールよ！
私のシーロキュムラス*よ！
あなたの深い愛を知ったのは……

*鰯雲の学術名

白い宴《うたげ》

秋の気配が空を渡り
夜空が涼やかになり始めて
あなたが
いちばん美しく満ちてくるこの季節
私はもう
恋人との逢瀬を待つ者のように
魂《こころ》がふるえてくるのです

いま　縁側には
あなたの宇宙《くに》からの

白い光の風が吹いていています
ちゃぶ台に白い和紙をくり延べ
素朴な食べものに茶菓を添え
けさ早く
二子《ふたこ》*の河原からとってきた
まだ世間の風でなぶられていない
こはく色にすっきりと美しく伸び立つ
初々しいすすきを数本供えました

悠久の大いなる存在のあなた！
私が今夜こうするのも
私達は疾《と》うに
あなたとのぬきさしならぬ強いつながりを
聴き知らされてきているからです
特にこの季節のあなたとの出逢いは

私達に
かけがえのない大切なことなのです

ほんとうのところ、あなたには
他ならぬ神の創られたこの世界の
その暗黒や　その隠された深淵や
それらの意味をも　よくご存知の筈なのに
あなたは決してそんな素振りはなさらない
あなたはただひたすら
あなたの宇宙《くに》の柔らかな白い光で
私達を包み癒して下さる――

それは宴《うたげ》！

いま、私はあらゆる不安、憤《いきどお》り、衝迫《しょうはく》から

解き放たれてくる
いま、まさにあなたは庭のいちばん高い木の
こずえから、皓皓《こうこう》とあなたの杯を差し出して
下さっている
ここには、唯
柔らかな白い光だけがある――

センス　オブ　ムーン
それは縁側の白い月光　それはプラチナ
　あなたの愛……

＊東京都世田谷区の多摩川流域の一部
　神奈川県との県境の地に二子の渡しがあった

あかね草

遠く遠くはてしないあくがれ
はろばろと過去《いにしえ》からの想いのつらなり
いのちなるもの草に薫りて
あはれ知るあかね草
いつもふっと淋しく出逢う草
いつもふっといとおしむ草
武蔵野のやはらむ風に
堰《せ》かるるたましいしきりに熟《う》れて
陽《ひ》にはじけて野づらにこぼる

はろばろとあなたへの想いのつらなり
遠く遠くはてしないあくがれ
いのちなるもの　草に群れて
わが想いけぶるる　あかね草
漂々とあはれ知る
武蔵野の　草

秋の陽に

秋の陽《ひ》が溢れている
白いカーテンを透《とお》って……

映ろう庭の樹木の影絵
スタンドのかさには大きな青桐の葉影
それは　水槽の藻《も》のように
ゆらぎ泳いでいる……
これは金木犀の花の影
午后のティーカップの縁にも……

うすむらさきにとけてくる遠い思い出
昨日《きのう》あんなに燃えていた夏草の繁みの裡《うち》に
まだ
そっとためらっている陽炎の残り香のように
私の心の奥深く息をひそめている追憶
秋の陽はいのちの翳りを誘い出し
ひとつ　ひとつ
樹木の影に重ねてゆく……
ひんやりとすきとおった陽に
瑠璃色に輝き　ゆらぐ
わたしの心の翳《かげ》の舞い
心につーんとはしるさびしい飢え

どんなにサルビアの花が赤く咲いても
どんなにウメモドキの実が赤く熟れても

やがて朽ちるいのちをことづける秋の陽の厳粛に
わが想いのいのちは
もっとはげしく翳り
舞う………

菫いろのインテルメッツォ[*1]

私の好きなこの時間
その音楽は　甘やかな香りのスイスのジャズ
その風景は
遠く丹沢の山裾《すそ》の方から
日没をしっかりと仕切る濃《こ》むらさきの紗布《さふ》
ところどころで
まだ錦秋の焔《ほむら》をほころばせながらも
この里の河べりを這《は》うと
やがて　晩秋のひと日《ひ》の終りの
小さな風にかすかにゆれる

裏木戸のひと叢《むら》のコスモスを被《おお》う
テーブルにブランデーグラスを整え
野のすみれの香りの蠟燭《ろうそく》を灯《とも》すと
もうすっかり
この窓辺にも優しい宵の訪れ
――また　ひとしきり
甘やかなティエリー・ラング*2のピアノ――

そう
このメロディは　私のもうひとつの聖歌
なにかほんとうの人の心の
深いやさしさからのもののように
どこか青々と高原の匂いのように
でも　しっとりと甘酸っぱく
ほんとうのところは

あまりにその優しさから
——ずっと淋しい人——だけが所有する
本物のあたたかい心の
愛のカオスの響きのように——

ひとを見失って——
その悲しみの想いに
どれほど苦しんでいただろう
でも　今は慰められている
この夕暮れの　菫《すみれ》いろの部屋の清《すが》しいジャズ
明りは　ただほろほろと灯る燭台のほのお
柔らかに部屋を漂う野すみれの香り
この夕暮れは　また　世のすべての混沌《こんとん》を
その菫いろのヴェールで包み
天空の宵の明星にことごとく預けてしまう

澄みわたる魂　この静寂の永遠！
それは
これまでの私の重い悔いのすべて
重い恨みのすべてから
私を解き放してくれる――

いま　リビングのソファにもたれ
そっとブランデーを口に含む
オーディオデスクの上には
読みこまれた古い詩集と赤いスケッチブック
蠟燭のほむらのシルエットは
なぜか　今日は　ひときわ鮮やかに
もうひとつのグラスを彩《いろど》り煌《きら》めく
まるでいますぐにも
あなたが飲むもののように――

澄みわたる魂に
新しい喜びがせりあがってくる
充ちたりたこのビロードのような時間！
その至福は
昏れゆくものの高貴
ひたすら肯われる　ひとつの人生
この　たそがれの秘蹟！
菫いろのインテルメッツォ

＊1　間奏曲
＊2　現代のスイスのジャズピアニスト
陰影に富んだピアノ表現力、音に紡がれた人の心の機微、哲学がある

いま　外苑の銀杏《いちょう》の

いま　外苑の銀杏のあなたが好き――
いま　あなたが装ってくれている
このふかふかのこがね色の並木道が好き
この金色《きんいろ》のカーペットのなかに
なにもかも　私の人生《みち》の思いのすべてを
まっさらに零《こぼ》し尽してしまいたい

風が明るい
何か不思議なやすらぎ
この黄金《おうごん》の道は

きっと　私の終《つい》のしあわせの隠れ場所
あなたは晩秋の颪に存分に葉を落とされ
その大らかな木洩《こも》れ陽《び》のぬくもりに
屈託なく颪と戯れ　頓《ひたす》らそぎ落されてゆく
飾らぬあなたの崩れる開放！

耳の底には
まださっきの　優しいワルツが流れている
いま此処には
緑陰の仰々《ぎょう》しさも　青嵐《せいらん》の逞《たくま》しさもなく
在るはただ
その総《すべ》てのしがらみから外された
飄《ひょう》々と素朴な　裸木《はだかぎ》の絢爛！
それはまるで
あの表参道の裏通りの

古びたカフェの片隅で
あなたに優しく支えられていた
あの爽やかな感触のように
——とめどもなく魂《こころ》に充ちてくる
　喪失の豊穣《ほうじょう》——
私はもう淋しくない　そう此処で
そう　このあなたの暖かなこがね色の褥《しとね》で
私はまた　愛の人生《みち》を知るのだから

風が明るい
何か不思議なやすらぎ
いま　外苑の銀杏のあなたが好き
いま　あなたが装ってくれている
このふかふかのこがね色の並木道が好き
此処は　私の終のしあわせの隠れ場所

あなたが好き
いま　あなたが好き！
晩秋《さだめ》の風に　頓らそぎ落され
耿《こう》々と崩れてゆくあなたが好き……

遠い眠りに

午後の驟雨《しゅうう》のあとのうたた寝に
愛《かな》しみがすき透って帰ってくる
――なにか僕の優しかったものが
　遠くで眠っていると――
むかし僕がたしかに持っていた
なにか優しいあるものが
それは、いわしみずのように
どこまでもすき透った
清らかな優しさだ
僕にはそれはもう解らない

それがどういうものだったのかも

そう、たしか君と二人だった
ときおり通りすぎる風に
木洩れ陽をちぎり落されている
どこかの森で——
二人のベンチの前には
鏡のようにきらきら陽を撥《は》ねる
湧水の池がひいやりと拡がっていた
そう、そうして、その池が
寄り添う二人の姿を、周りの何よりも
そっくりそのまま映ろわせているのが
僕らの秘かな喜びだった

僕は時折

しきりに帰りたいと思う時がある
どこへ、という訳ではないけれど
ただひたすら
優しいことだけしか知らなかった時に
帰りたいと思う時がある
そこは
むかし僕がたしかに持っていた
どこまでもすき透った
清らかな優しさがあふれている

午後の驟雨は
都会のカオスをさっとすすぎ
柔らかな陽ざしを
うたた寝の部屋に誘い
遠い眠りの

愛しみの記憶をよび戻す

窓を開けると
ほんのりと霧の流れ
なにか、懐かしいものがついさっきまで
そこにあったかのような気配に
庭の木々の梢《こずえ》の方から
ずっと遠くの地平線の方へ目を凝《こ》らすと
遠ざかりながら夕日を食《は》み
淡いピンクの色に薄れてゆく霧の奥に
まるで、ついさっきまでの
うたた寝の夢のつづきのように
ほのかに、たしかに君のなつかしい姿！
まだ、あの頃のままで
ずっと、僕の遠い眠りの裡《うち》に居てくれる

君は、まさに僕の永遠の女性!!

濃いコーヒーを淹《い》れ
ややに昏《く》れてくる部屋の寂寥に
故郷の湧水の池の瀬音《せおと》を幻聴し
君への愛しみを解き始める……

解説　深層に眠る「愛の言葉」の意味を目覚めさせる人

――中村恵子詩集『神楽坂の虹』に寄せて

鈴木比佐雄

1

中村恵子氏は、一九三九年に栃木県宇都宮市に生まれた。宇都宮大学に進み、最後のロマン派詩人とも言われるアイルランドを代表する詩人のイェイツの詩篇と運命的な出逢いをした。大学を辞めて経理や英語などを専門学校で学んで就職し様々な経験をされた。家庭を持った後も、詩的情熱を失うことはなく、生涯の課題としてイェイツなどの詩に啓発されて詩作を続けてこられたようだ。中村氏の本籍地は東京にあり、江戸時代から続く武家の家系だが明治以降は実業を始め、その仕事の関係で父母は宇都宮市に暮らし中村氏を育てた。そのため親族や知人は東京周辺に多くいて、詩にも出てくる東京の「神楽坂小路の木漏れ日の家」には、中村氏が東京の母と慕っていた遠縁の親しい女性が家族と暮らしていてよく遊びに通っていた。その家の庭で出逢った詩や芸術の価値を共有する人物たちからも大きな影響を与えられたようだ。詩誌「潮流詩派」と文芸誌「コールサック」(石炭袋)などで詩を発表してきた。二〇一〇年には第一詩集『秋の青年』(潮流出版社)を刊行し、今回は第二詩集として『神楽坂の虹』が新たに刊行された。

新詩集『神楽坂の虹』は、二章に分かれ、Ⅰ章十篇、Ⅱ章十一篇の計二十一篇から成り立っている。中村氏の詩的文体は、徹底したモノローグでありながらも、内部に閉じこもり世界を弾き飛ばすのではなく、伸びやかでどこかから風が吹いてくるように始まり、世界と出逢い様々な他者との関係を語り出す饒舌さを感じさせるように展開されてくる。中村氏の詩集全体の詩風は、自然と愛する人を賛美する愛の歌であり、またどこかそれらが喪失されたしまった痛切な悲歌にも感じられ、それらの両方を同時に響かせる重層的な構成になっている。

2

Ⅰ章の冒頭の詩「榛《はしばみ》のそよぐ日」の一連目十一行を引用してみる。

わかってくれますか/いま　また私はあなたを待っているのです/滾々《こんこん》とお堀

の方に湧きでる泉のある叢《くさむら》の／榛の木々に／春の初々しい風が吹き渡りはじめると／きまって私は　それらのそよぎに／あなたの訪れを聴くような／そんな気がしてならないのです／わかってくれますか／いま　あなたを待って／どんなに心がふるえていることかと――

一行目・二行目の「わかってくれますか／いま　また私はあなたを待っているのです」を読むと、中村氏は「あなた」という待ち焦がれる存在に呼び掛け、呼び寄せるかのように言葉を発していく。たぶん「あなた」は、春の到来を告げる来訪神のようでもあり、天上から戻って来る父や母などの親族たち、また不在である愛する人、心を慰めてくれる生き物や芸術家などが立ち寄ってくる総称なのだろう。一行目の「わかってくれますか」は、「春の息吹」が生を甦らせる神からのメッセージだと読者に理解して欲しいという、中村氏からの願いが込められているようにも思われる。そんな中村氏と「春の息吹」との関係は、きっとイェイツなどのアイルランド・イギリスのロマン派詩人の自然観が中村氏の中にも流れていて、中村氏の魂と共鳴し合って詩的精神として住み着いてしまったに違いない。三行目、四行目、五行目の「滾々《こんこん》とお堀の方に湧きでる泉のある叢《くさむら》の／榛の木々に／春の初々しい風が吹き渡りはじめると」は、榛の下には水源があると言われる聖なる木が芽生え始める時に「春の初々しい風」が吹き寄せられてくることを告げている。中村氏は、六行目、七行目、八行目「きまって私は　それらのそよぎに／あなたの訪れを聴くような／そんな気がしてならないのです」と、そんな「春風の息吹」に我を忘れて呼応してしまうのだろう。九行目、十行目、十一行目の「わかってくれますか／いま　あなたを待って／どんなに心がふるえていることかと――」いう三行こそが、中村氏の詩的精神の原点であるように思われる。それはまた私たちが詩を読み詩作を促される詩的精神の発端を指し示しているだろう。

そんな「春の息吹」は、二連目では「ハボタン棕梠の木」や「ひめりんごの鉢植え」をかすめて、三連目で次のように「榛の木」に到来する。

カナルにまた／初々しい春の風が吹き始めました／風は水際《みぎわ》の榛の／ふさふさと茶目っけたっぷりの雄花を／透きとおる陽に　きんいろに揺らゆらさせ／そ

の柔らかな枝をいかようにも撓《しな》らせて／萌えはじめたばかりの／小さな　榛の
若葉の精気をこきまぜ／このカナルの丘の家にまで／さわやかに吹き渡ってま
いります／それはもう　はじめてあなたの愛を知った／あの懐かしい清々《すがすが》しい
夜明けの風のように／それはもう／――いつでも榛を吹き抜けた風には涼しく
て／ほどよい湿り気があって　まるで清新に生き／てゆく若者たちの心のよう
な　さ青《あお》ないぶき／の香りに充《み》ちて澄みわたっているのです――／これはもう
　すっかりあなたの到着の知らせ／ほら　もうあなたは／生垣の木戸をくぐっ
ていらっしゃる――

註によると「カナル」は運河のことだが、この詩では神楽坂近くの外堀を指し
ているらしい。この「風は水際《みぎわ》の榛の／ふさふさと茶目っけたっぷりの雄花を／
透きとおる陽に　きんいろに揺らゆらさせ」というように、「春の風」が「榛」
と再会して歓喜の声を上げるような戯れを伝える表現感覚は、宮沢賢治を彷彿さ
せるように「春の風」という力動的な自然と生き物たちが繰り広げる生の喜びを
ユーモラスに伝えてくれている。また「春の風」と「あなた」が重なり合いながら、

読者の想像力を刺激していく。四連、五連を引用する。

わかってくれますか／いま　どんなにこの胸が高鳴っていることか／そう　ここではもうあなたはイーンガス！／もし　あなたがいまここで／イェイツの詩のひと節《ふし》を／おっしゃって下さるなら／私はすかさず　一瞬の戸惑いもなく／あなたのずっと探しつづけていた／榛の精となりましょう／なぜなら　もうわたくしはほんとうは／／私の魂《こころ》のけっして枯れない／もっとも深い静謐《せいひつ》な世界で／あなたの投げ入れた榛の竿《さお》の雫の／なみなみと満たされたあなたの愛の盃《さかずき》を／すっかり飲み干してしまっているのですから

「あなたはイーンガス」であるという「イーンガス」は、註によると「ケルト民族に於ける愛と美の神」であるようだ。「私」が心を高鳴らして待ち続けているのは、ケルトの愛と美の神である「イーンガス」であったことを明らかにしている。そして「もし　あなたがいまここで／イェイツの詩のひと節《ふし》を／おっしゃって下さるなら／私はすかさず　一瞬の戸惑いもなく／あなたのずっと探しつづけていた／榛の精となりましょう」というように、イェイツの詩的精神である「イーンガス」を待ち続ける「『あなた』の『榛の精』になりたい」と誓っている。このようにスケールの大きい想像力が中村氏の特徴であり、特にこの詩にはそれが端的に表れている。さらに「私」は「なみなみと満たされたあなたの愛の盃《さかずき》を／すっかり飲み干してしまっているのですから」と、「私の魂《こころ》のけっして枯れない」ための「わたくし」という無尽蔵の詩的精神に近づいているかのようだ。

そんな「榛のそよぐ日」の「春の風」と「榛」の壮大な物語を反復し、その瞬間を熱烈に生きようと感じていることが伝わってくる。「榛」の花言葉は一般的に「交歓、和解、平和」であり、春に花と実を付けるこの「榛」は、憎しみや利害や戦争の悲劇などを和解させて、平和をもたらす人間の良心の力や知恵などの美徳を象徴する意味を付与されてきたようだ。また中村氏の註によると、ケルト民族においての「榛」は「永遠の青春を象徴する樹木」と言われていたようで、連綿と続いてきた民族の精神性を象徴させると同時に、ヨーロッパの原故郷のような懐かしさを感じさせてくれる。実際にケルト人は西ヨーロッパの先住民族であり、ゲルマン民族やラテン民族（ローマ帝国）よりはるか以前、ヨーロッパ大陸を広範囲に支配していたと言われている。私は中村氏が自らの詩的精神を考える際に、ケルト文化の「イーンガス」という「愛と美の神」に親近感を感じることは、そんなに意外なことではないと私は考えている。最近、ケルト文化と縄文文化の共通性、類似性の研究も始まってきたようだ。これは私の推測だが、日本人の古層である縄文文化とケルト文化の類似性を中村氏は半世紀も前に鋭い直観力で洞察し、このような根源的な詩的精神を抱き続けてきたのかも知れない。

3

I章のその他の詩篇では、「あなた」と春の草花を共有した時間に触れた詩篇がまとめられた。

詩「雪中花（水仙）」では、「あなたの茶室への甃《いしだたみ》の　水仙の小路《こみち》」を「あなたの強い情熱の鼓動のように」想起する。

詩「水仙の薫る朝《あした》に」では、「青磁の花生《はない》けに」水仙を活けると「私の魂《こころ》にかじかませていた何か淋しいものが／ほろほろとほどけ始めるのです」と水仙の香りに心洗われる。

詩「あたらしい幸福」では、フリージャを活け、テナーサックス奏者のスタン・ゲッツの「あなたのサックス、あなたの愛」を感受して「あたらしい幸福」に満たされている。

詩「土佐みずきの花が咲いたから」では、「土佐みずきの花に触れたら」、「きっと　私が／あなたのこころの愛のドアを／頻りにたたいているのだと思ってね」と花に愛を語らせる。

詩「あこがれ」では、「はなみずきの萌えいでる日」に「クラリネットを奏でるひと」にあこがれたことを、今も大切に回想する。

詩「あんずの郷が輝いているうちに」では、杏の花が咲くと、「あなたの愛の匂いの　甘い杏の花の匂いの／柔らかな心地よい風が吹きぬけて」いくと言う。

詩「私に素敵なイースターeggをください」では、キリスト教の春の復活祭の時に「永遠の愛の通いを証《あか》しするイースターeggを／どうか、この私のひざに／そっと、載せていって下さい」と心から祈る。

詩「それは最高のジュエリー」では、「あのドイツの詩人／シュトルムを繙《ひもと》いてくれたあなた」と過ごした夏の休暇の追憶こそが、「最高のジュエリー」だと物語る。

詩「生きよ、あなたの薔薇を！」では、薔薇の花を見ると、「あなたのカフェのカウンターに／遺《のこ》してきた恋がありましたの」と結ばれなかった恋人の幸を願う。

Ⅱ章の十一篇では、夏秋の花々などと「あなた」との触れ合う詩十篇と最後の「僕」が語りの手の一篇から成っている。

冒頭の詩「神楽坂の虹」はタイトルにもなった詩で、「私」のもとを訪ねてこなくなった「あなた」への喪失感を母が癒すかのように庭に連れ出してくれ、次のような場面が展開される。

母が再び　樹木や草花に／涼しげに水を撒いている／この部屋にまで漂ってくる／ひんやりとした心地よい空気／と　とつぜん仄かに光る水けむりのなかに／燦々《さんさん》と　ひとつの大きな虹！／こでまりの上に　日々草の上に――それは／まさに　粋《すい》な母の呼んだ神楽坂の陽の精！／それはまさに　私のさがしものの愛の／あなたからのメッセージのように――

母は「若き日に修めた日本舞踊」の舞手で生活の隅々まで美意識があったのだろう。そんな美意識によって、中村氏は「水けむりのなかに／燦々《さんさん》と　ひとつの大きな虹」を発見し、その後の人生においてもきっと苦しい時にその虹を希望のように想起してきたのだろう。他の十篇も一人ひとりの「あなた」との出会いが「私」と「あなた」とにかかる虹のように詩の中に描かれている。

最後の詩「遠い眠りに」は、「あなた」という「僕」が「濃いコーヒーを淹《い》れ」て、遠くの地平線の夕暮れを眺めながら「愛しみの記憶」や「君の懐かしい姿」を呼び戻し、「君は、まさに僕の永遠の女性!!」と呟くのだ。

そのような様々なその時の花を通して中村氏の詩篇は、私たちの忘れかけている最も大切だったもの、深層に眠る「愛の言葉」やそれを告げた「愛する人」の無償の行為の意味を目覚めさせてくれるだろう。

あとがき

大都会の中にあっても、高台の神楽坂の太陽はいつでも庭に木漏れ陽となって降りそそいでいました。その周辺の家人はその陽をとても丁寧に扱っていました。詩「神楽坂の虹」のお母様もそういう方でした。

朝のひととき庭の植込みの木々や草花に散水し、冬はほの暖かく夏は涼《すず》やかに庭を整えるのが日課でした。この日は特に娘を気にかけながらでした。訪問客があったのです。すると突然、こでまりから日々草の付近に美しい虹の輪が出来たのです。私はこの時思いました。この虹は、この界隈に住む方々のとても素朴なとても粋な愛情を示して顕《あらわ》れたのだと、ここに住む方々は、やんちゃな面もありましたけれども、どこか独特の澄んだ上品さがありました。それはここに住む方々から、とても素直な優しさが小さな喜びを太陽の賜を大切になさる事に、生きる事の喜びと生きる為の意味を教えられている様に思いました。そんな本当に人生にとって大切なことを詩集『神楽坂の虹』で表現しようと願ったのです。

最後に、このような私の詩作を陰ながら助けてくれる長男の友《ゆう》祐《すけ》・夫の中村和夫と私の苦しい時にいつも支えてくれる義兄の宮田猛《たけし》・姉の和子ご夫妻には、語り尽くせないほどの感謝を伝えたいと思います。また詩集製作のためご尽力された編集の佐相憲一様、装幀デザインをしてくれた奥川はるみ様、コールサック社代表・詩人・評論家で解説文を執筆して下さった鈴木比佐雄様の皆様には、心より感謝を申し上げます。

平成三十年十一月吉日

中村恵子

中村恵子（なかむら　けいこ）略歴

1939年　栃木県宇都宮市生まれ
宇都宮大学中退
既刊詩集『秋の青年』（2010年・潮流出版社）
「潮流詩派」、「コールサック（石炭袋）」などで詩を発表
現住所　〒216-0003
　　　　神奈川県川崎市宮前区有馬 1-10-20-501

石炭袋

中村恵子詩集『神楽坂の虹』

2018年12月7日初版発行
著　者　中村　恵子
編　集　鈴木比佐雄・佐相　憲一
発行者　鈴木比佐雄

発行所　株式会社 コールサック社
〒173-0004　東京都板橋区板橋 2-63-4-209
電話 03-5944-3258　FAX 03-5944-3238
suzuki@coal-sack.com　http://www.coal-sack.com
郵便振替　00180-4-741802
印刷管理　（株）コールサック社　制作部

＊装丁　奥川はるみ

落丁本・乱丁本はお取り替えいたします。
ISBN978-4-86435-367-0　C1092　￥1500E